国际大奖小说

法国不朽文学奖

35公斤的希望

[法]安娜·戈华达 / 著

王　恬 / 译

天津出版传媒集团

新蕾出版社

图书在版编目（CIP）数据

35公斤的希望 / (法) 安娜·戈华达著；王恬译 .
-- 天津：新蕾出版社, 2021.4（2025.3 重印）
（国际大奖小说）
ISBN 978-7-5307-7138-9

Ⅰ.①3… Ⅱ.①安… ②王… Ⅲ.①儿童小说–中篇
小说–法国–现代 Ⅳ.①I565.84

中国版本图书馆 CIP 数据核字(2021)第 016057 号

书　　名：35 公斤的希望　35 GONGJIN DE XIWANG
出版发行：天津出版传媒集团
　　　　　新蕾出版社
http://www.newbuds.com.cn
地　　址：天津市和平区西康路 35 号（300051）
出 版 人：马玉秀
电　　话：总编办 (022)23332422
　　　　　发行部 (022)23332351　23332677
传　　真：(022)23332422
经　　销：全国新华书店
印　　刷：天津新华印务有限公司
开　　本：880mm×1230mm　1/32
字　　数：50 千字
印　　张：4.5
版　　次：2021 年 4 月第 1 版　2025 年 3 月第 10 次印刷
定　　价：25.00 元

一辈子的书

◎梅子涵

◆亲近文学◆

　　一个希望优秀的人，是应该亲近文学的。亲近文学的方式当然就是阅读。阅读那些经典和杰作，在故事和语言间得到和世俗不一样的气息，优雅的心情和感觉在这同时也就滋生出来；还有很多的智慧和见解，是你在受教育的课堂上和别的书里难以如此生动和有趣地看见的。慢慢地，慢慢地，这阅读就使你有了格调，有了不平庸的眼睛。其实谁不知道，十有八九你是不可能成为一个文学家的，而是当了电脑工程师、建筑设计师……可是亲近文学怎么就是为了要成为文学家，成为一个写小说的人呢？文学是抚摸所有人的灵魂的，如果真有一种叫作"灵魂"的东西的话。文学是这样的一盏灯，只要你亲近过它，那么不管你是在怎样的境遇里，每天从事怎样的职业和怎样地操持，是设计房子还是打制家具，它都会无声无息地照亮你，使你可能为一个城市、一个家庭的房间又添置了经典,添置了可以供世代的人去欣赏和享受的美,而不是才过了几年,人们已经在说,哎哟,好难看哟!

谁会不想要这样的一盏灯呢?

◆阅读优秀◆

文学是很丰富的,各种各样。但是它又的确分成优秀和平庸。我们哪怕可以活上三百岁,有很充裕的时间,还是有理由只阅读优秀的,而拒绝平庸的。所以一代一代年长的人总是劝说年轻的人:"阅读经典!"这是他们的前人告诉他们的,他们也有了深切的体会,所以再来告诉他们的后代。

这是人类的生命关怀。

美国诗人惠特曼有一首诗:《有一个孩子向前走去》。诗里说:

> 有一个孩子每天向前走去,
> 他看见最初的东西,他就变成那东西,
> 那东西就变成了他的一部分……

如果是早开的紫丁香,那么它会变成这个孩子的一部分;如果是杂乱的野草,那么它也会变成这个孩子的一部分。

我们都想看见一个孩子一步步地走进经典里去,走进优秀。

优秀和经典的书，不是只有那些很久年代以前的才是，只是安徒生，只是托尔斯泰，只是鲁迅；当代也有不少。只不过是我们不知道，所以没有告诉你；你的父母不知道，所以没有告诉你；你的老师可能也不知道，所以也没有告诉你。我们都已经看见了这种"不知道"所造成的阅读的稀少了。我们很焦急，所以我们总是非常热心地对你们说，它们在哪里，是什么书名，在哪儿可以买到。我就好想为你们开一张大书单，可以供你们去寻找、得到。像英国作家斯蒂文生写的那个李利一样，每天快要天黑的时候，他就拿着提灯和梯子走过来，在每一家的门口，把街灯点亮。我们也想当一个点灯的人，让你们在光亮中可以看见，看见那一本本被奇特地写出来的书，夜晚梦见里面的故事，白天的时候也必然想起和流连。一个孩子一天天地向前走去，长大了，很有知识，很有技能，还善良和有诗意，语言斯文……

同样是长大，那会多么不一样！

◆自己的书◆

优秀的文学书，也有不同。有很多是写给成年人的，也有专门写给孩子和青少年的。专门为孩子和青少年写文学书，不是从古就有的，而是历史不长。可是已经写出来的足以称得上琳琅和灿烂了。它可以算作是这二三百年来我们的文学里最值得炫耀的事情之一，几乎任何一本统计世纪文学成就的大书里都不会忘记写上这一笔，而且写上一个个具体的灿烂书名。

它们是我们自己的书。合乎年纪，合乎趣味，快活地笑或是严肃地思考，都是立在敬重我们生命的角度，不假冒天真，也不故意深刻。

它们是长大的人一生忘记不了的书，长大以后，他们才知道，原来这样的书，这些书里的故事和美妙，在长大之后读的文学书里再难遇见，可是因为他们读过了，所以没有遗憾。他们会这样劝说："读一读吧，要不会遗憾的。"

我们不要像安徒生写的那棵小枞树，老急着长大，老以为自己已经长大，不理睬照射它的那么温暖的太阳光和充分的新鲜空气，连飞翔过去的小鸟，和早晨与晚间飘过去的红云也一点儿都不感兴趣，老想着我长大了，我长大了。

"请你跟我们一道享受你的生活吧！"太阳光说。

"请你在自由中享受你新鲜的青春吧！"空气说。

"请你尽情地阅读属于你的年龄的文学书吧！"梅子涵说。

现在的这些"国际大奖小说"就是这样的书。

它们真是非常好，读完了，放进你自己的书架，你永远也不会抽离的。

很多年后，你当父亲、母亲了，你会对儿子、女儿说："读一读它们，我的孩子！"

你还会当爷爷、奶奶、外公和外婆，你会对孙辈们说："读一读它们吧，我都珍藏了一辈子了！"

一辈子的书。

目 录

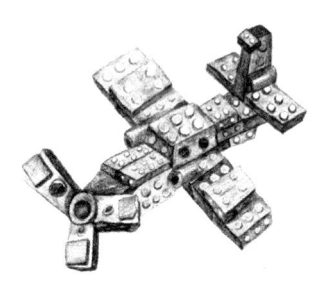

献给我亲爱的爷爷和玛丽·同德里耶

我恨学校。

我恨它远甚于世界上的任何东西。

甚至,更加严重……

学校毁了我的生活。

第一章
最初的幸福

三岁之前,我是幸福的。其实我也记不太清楚了,但是想来,应该还过得去——游戏,画画,一遍又一遍地看动画片《小棕熊》,给我的毛绒玩具狗格鲁编出成千上万个冒险故事。

妈妈说,那时候的我,总喜欢一个人待在房间里嘟囔,没完没了地讲话。于是我得出结论:那时候的自己是幸福的。

在生命的那个阶段,我爱所有的人,也相信所有的人都彼此相爱。可是后来,当我三岁零五个月的时候——天哪,我得去上学了①!

去学校的第一天早上,我似乎还是挺开心的。整个假期,爸爸妈妈总是在我耳边不停地念叨:"你真是好运气呀,宝贝,你将要去上一所非常棒的学校……""看看这个漂亮的新书包,是专门为你去那所漂亮的学校准备的!"诸如此类。似乎,我没有哭。(我的好奇心很强,那时候我大概是想去看看学校里有什么样的玩具和乐高积木……)似乎,吃午饭的时候,我还兴高采烈地在家里饱餐一顿,然后回到自己的房间,给格鲁讲述我在学校度过的那个美妙的上午。

唉!如果我早知道后面发生的事情,一定会好好享

①格雷古瓦此处所说的上学是指幼儿园,这是法国教育体系的第一阶段。

受一下那最后的幸福时刻,因为在那儿之后,我的生活就大变样了。

"我们回去吧。"妈妈说。

"回哪里?"

"当然是回学校呀!"

"不。"

"不什么?"

"我再也不去学校了。"

"啊……为什么?"

"反正我也看过了,知道那里是怎么一回事了,一点儿都不好玩儿。我在房间里有的是事情要做。我答应过格鲁,要为它造一台特殊的机器,可以帮它把藏在床底下的骨头都捡出来,所以呀,我没时间去学校了。"

妈妈蹲下来,我摇摇头。

她坚持,我开始哭。

她把我抱起来,我开始大叫大闹。

妈妈生气了,给了我一巴掌。

那是我生命中第一次挨打。

就是因为这样。

就是因为学校。

而这只不过是一场噩梦的开端。

这个故事我听爸爸妈妈讲了上千遍,讲给他们的朋友、我的老师、心理医生、语言矫正科医生和教学顾问听。而每当我听到这个故事的时候,心底只会涌起愧疚之情——为格鲁,和那台一直没有兑现的骨头探测仪。

现在,我十三岁了,还在上初一。对,我知道,这里

头有点儿不对劲。您不必掰着手指算了,我跟您坦白:
我留了两级:三年级和初一①。

学校,永远是我们家悲剧的源泉,您可以想象一下
……妈妈哭,爸爸骂我,或者,妈妈骂我,爸爸一声不
吭。看到他们这个样子,我也很难受,可在这种情况下,
我又能做什么呢?我又能对他们说什么呢?我什么都不
能做,什么都不能说,因为一旦我开了口,情况会糟糕
到极点。他们只会像鹦鹉一样,不停地重复着同一个
词:

"学习!"

"学习!""学习!""学习!"

"学习!"

①法国小学为五年制。

好的。我明白了。毕竟我还不是彻彻底底的傻瓜。我很想学习,但问题是,我做不到。学校所有的一切,对我而言,就像中文①一样摸不着边,永远是一只耳朵进一只耳朵出。他们带我去看了成千上万个医生,眼科的、耳科的,甚至脑科的。而浪费这些时间得出的结论是:我有个注意力不集中的毛病。瞧他们说的!其实我自己很清楚我有什么毛病,为什么不问问我自己呢?说到底,我什么毛病都没有,我只是对这一切不感兴趣。

我对这一切不感兴趣。就这么简单。

自从上学以来,我只有一年是幸福的。那是上幼儿园大班的一年,我们的老师名叫玛丽。我永远都不会忘记她。

每当想起玛丽老师,我总觉得她当老师就是为了

---

①法语中,"中文"常用来表达"复杂至极""令人难以理解"的意思。

继续做她生命里最喜欢的事：动手创造、制作某些东西。从见到她的第一天、第一个早晨开始，我立刻就喜欢上了她。她穿着自己缝制的衣服，自己编织的毛衣，佩戴着自己设计、制作的首饰。每天，她都会从家里带一些新鲜的小玩意儿来课堂：一只碎纸片做的刺猬、一只奶瓶做的小猫、一只核桃壳做的老鼠，有会动的，有素描，有水彩画，还有拼贴作品……这是个并非要等到"母亲节"才让我们动手的老师。

她说成功的一天，就是我们创造了某些东西的一天。

当我再次回想，就觉得那幸福的一年，也是我所有不幸的根源，因为就在那个时候，我明白了一件极其简单的事情：这世界上没有任何其他东西令我感兴趣，除了我的双手，和用手创造的玩意儿。

还是先把玛丽老师的事说完，我知道她给了我什么:她给了我上一年级的动力。因为她非常了解自己面对的是怎样一个孩子。她知道一旦要我写出自己的名字,泪水就会迅速浸湿我的眼眶。我什么都记不住,背首儿歌对我来说都是件恐怖至极的事。那年的最后一天,我去和她道别,感觉自己嗓子发紧,说不出话来。我送给她一份小礼物,那是一个很有意思的笔筒,有两个分别可以放回形针和图钉的小抽屉, 还有一个可以放橡皮的地方。我花了很多时间去制作、装饰这份小礼物。看得出来,她非常喜欢这份礼物,仿佛和我一样激动。

她对我说:"我也有份礼物给你,格雷古瓦……"

那是一本很厚的书,她解释说:

"下一年,你就要和大孩子一起,去小学读书了。你一定要更加努力,知道为什么吗?"

我摇了摇头。

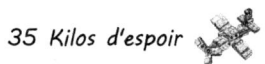

"为了能读懂这本书里的一切……"

一回到家,我就让妈妈给我念书名。她把书摊在膝盖上,读道:"《为孩子准备的一千个手工游戏》。天哪,接下来可不太平了!"妈妈紧接着感叹道。

我讨厌一年级的班主任达蕾夫人。我讨厌她的声音,讨厌她的样子,讨厌她总偏袒某几个学生的怪癖。可我还是跟着她学会了识字,因为我想学做那本书上第一百二十四页那个用鸡蛋包装盒做的河马。

在我幼儿园的毕业成绩册上,玛丽老师写道:

"这个男孩子有漏斗般的脑袋,仙女般的手指,敏感的心灵。将来一定可以有所作为。"

那是我有生以来第一次,也是最后一次,没有被国家教育体制内的成员抛弃。

第二章

我讨厌学校，你呢？

其实,我认识很多人,很多不喜欢学校的人。比如你,如果我问你:"你喜欢学校吗?"你也会摇头,说不喜欢,一定是这样。只有那些特别卖力显摆的家伙会说喜欢,或是那些特别聪明的人,觉得每天早上去学校接受检验是种乐趣。

除此之外,有谁真的喜欢学校呢?没有,一定没有。

但又有谁真的讨厌学校呢?

或许也并不多——我想——除了像我这样,在老师眼里又懒又笨的坏学生,一到学校就会肚子疼的家伙吧。

早上，我总是在闹钟响前一个小时就会睁开眼睛。那一个小时里，肚子疼痛的感觉会不断地膨胀，膨胀……从床上往下爬的时候，我会直犯恶心，仿佛正坐在汪洋大海里的一艘小船上。早饭犹如酷刑。说实话，我真是什么都咽不下，可妈妈总在背后盯着我，于是我只好应付着吃些饼干。乘公交车时，肚子里那种疼痛的感觉转变成一个坚硬的球。如果碰到同学，聊聊像《塞尔达传说》①之类的话题，我的感觉可能会好一点儿，硬球好像也会变小些。可如果只有我一个人，那个硬球就会顶得我喘不过气来。当然，最可怕的，是踏上学校的操场，闻到那令人头疼的、只有学校才有的气味。

时间一年年过去，学校会改变，可学校的气味总是

---

① 动作冒险游戏系列。

无法改变。

那种混杂了粉笔和破球鞋的味道,直扑过来,掐住我的脖子,把我的心拎到半空中。

肚子里的那个硬球在下午四点的时候开始渐渐融化,当我回到家重新打开卧室房门的时候,它就完全消失了。可是,当爸爸妈妈回到家,当他们过来问我在学校过得如何,当他们翻我的书包、检查我的记事本和作业本时,那个阴魂不散的硬球又回来了,不过那种难受劲会小一些,因为面对他们,我已经渐渐习惯了。

哦,不对,我可能说谎了……其实我一点儿也不习惯。因为灾难接连不断,令我实在无法应付。那是很痛苦的,因为我的父母不懂得爱别人,也不懂得相爱。于是,他们每天晚上都会吵架,而每次总是从我开始,拿我成绩差当作借口。妈妈指责爸爸从来不花时间教育我,爸爸则回应说那是她的错,是她把我宠坏了。反正永远是对方的错。

我真是烦,好烦……
烦到了你们根本无法想象的地步。

每当这个时候,我就在房间里把耳朵堵上,专心于自己的创作:一艘用乐高积木为阿纳金·天行者①打造的宇宙飞船,一台用麦卡诺铁积木做成的挤牙膏的机器,以及一座用木头积木搭成的巨型金字塔。接下来,我就要面对作业这项酷刑。如果妈妈来指导,到最后总是她哭;如果爸爸来,那么到最后哭的一般是我。

对你们讲这些,并不是想让你们觉得我的爸爸妈妈很糟糕。不,不,他们没有虐待我,他们很好。虽然说

---

① 系列电影《星球大战》中的重要角色之一。

不上很棒,但至少他们是正常的。是学校毁了这一切。说实话,去年我才做了一半的作业,都是因为这样的状况,因为我总想避免这一类家庭灾难和如此不幸的夜晚。也许这是唯一的理由,可当我满含泪水站在校长办公室里的时候,我却不敢告诉她真相。你说,我是不是很傻?

不过说到底,我觉得沉默是完全正确的选择。因为这只大火鸡会明白什么?她什么都不会明白。即使是这样,一个月后,她还是让我退学了。

她让我退学是因为体育。

说实话,我差不多像讨厌学校一样讨厌体育。不完全一样,但也差不多了。

可以肯定,你们看到我的样子,就更能理解为什么体育和我,是完全不相干的两码事!我不是很高,不是很胖,不是很壮。或者可以说,我不高,不胖,甚至很瘦弱。

有时候,我会把手叉在腰间,看自己在镜子里拼命挺起胸的样子。那效果非常惊人,简直就像一条虫子在健身。如果有谁喜欢看《高卢英雄历险记》就会明白:大家都以为主人公是个极其强壮的家伙,可一旦他脱掉身上那件皮毛大衣,人们就会发现原来他瘦弱无比。每当看到镜子里的自己,我就会想起他。

可是,我总不能为生活中的一切而苦恼吧?在某些方面有所牺牲也是正常的吧?不然,我就成了彻彻底底的厌世鬼啦!而去年,我牺牲的东西,就是体育课。光是写下这三个字,我都会脸色发黄……贝鲁夫人和她的体育课,令我遭到了这辈子最疯狂的嘲笑。

事情是这样开始的：

"格雷古瓦·杜波斯。"她翻着花名册说。

"到。"

我心里明白接下来的训练肯定会失败，又会让大家看到我无比可笑的样子。真不知道这一切什么时候可以结束。

我向前跨了一步，其他人已经开始咧嘴嬉笑了。不过这一次，他们不是笑我的无能，而是笑我的怪相。我忘记带自己的运动服，而这已经是本学期第三次了。为了不受罚，我向本杰明的哥哥借了衣服。（在一年里，我被罚课后留校的次数，已经到了你们都无法想象的地步，你们一辈子都不可能有这样的经历！）而我没有想到的是，本杰明的哥哥简直就是绿巨人的兄弟，身高足足有一米九……

于是，我就穿着超大号的运动衣和四十五号的运动鞋,摇摇摆摆地出列。你们可以想象一下,那是怎样的一种喜剧效果!

"你这是什么衣服,又来了?"贝鲁夫人开骂了。

我装出一副无辜的样子,说:"嗯,我也不明白,夫人,上个礼拜这身衣服还挺合适的……我真是搞不懂……"

她看起来已经怒不可遏:

"你给我双脚并拢,做两个前滚翻。"

我翻了第一个灾难性的跟斗,就把一只鞋甩丢了。我听到同学们的哄笑,为了让他们更开心,我又翻了第二个跟斗,并想尽办法把另一只鞋也甩到空中。

当我站起来的时候,我的运动裤滑了下来,于是他们看到了我内裤的一角。贝鲁夫人气得满脸通红,而我的同学们笑得都喘不过气来了。这些笑声听起来于我仿佛是种享受,因为这一次的笑声并没有恶意,是类似

看马戏团演出时的愉快笑声。也就是从这节课开始,我决心成为我们班体育课上的"小丑"、贝鲁夫人的丑角演员。听到大家因你而发出的笑声,会让你感觉心里暖暖的。尔后,这感觉就成了一种瘾:人们越笑,你就越想逗他们笑。

贝鲁夫人后来总是罚我留校,以至于我的评语本上写满了字,一页不剩。最后,就因为这个原因,我被勒令退学了,但我一点儿也不后悔。多亏了她,我才有机会在学校感到一丝幸福,觉得自己还有那么点用处。

可以说我创造了一个奇迹:在那节课之前,没有人愿意让我加入他们的球队,因为我实在太差劲了;可从那儿以后,大家都挤破了脑袋想拉我入伙,因为我的滑稽动作可以分散对手的注意力。我还记得有一天,他们让我守门。哦,那可真是场大灾难!每当球接近球门的时候,我就像受惊的猴子一样怪叫着,拼命在球网前上蹿下跳。当我拿到球,需要把它重新扔出去时,我总是有能耐把球扔回身后的球网,直接打入一粒"乌龙球"。

还有一次,我向前去扑一个球。当然,我根本没有碰到球,但当我站起来时,我嘴里嚼着一团草,像头奶牛一样发出"哞哞"的叫声。那一天,我们班上的同学卡琳娜·勒里夫笑得尿湿了裤子,而我被罚站了两个小时……不过还真是值得。

最后,我被跳马害得退学了。当时的情况非常令人尴尬,其实那一次,我真不是故意的。我们要用手腕撑住,跳上那个里面填满泡沫塑料的大家伙。可轮到我的时候,我没做好,弄痛了……嗯……嗯,你们应该可以猜得出我说的是哪儿……我下面着实被碰伤了。可其他人都以为我故意装出哼哼唧唧的样子逗他们发笑,贝鲁夫人直接把我拽到了校长办公室。当时我痛得直不起腰来，可我没有流眼泪。

因为我就是不想让他们开心。

爸爸妈妈也不相信我。当他们知道我因此被赶出校门的时候，我的"节日"到了：这是第一次，他们齐心协力、目标一致地对我吼叫。

等他们终于训完我放我回房，我关上卧室的门，一屁股坐在地上。我对自己说："要么你爬上床大哭一场，你完全有理由大哭，因为你的生活一塌糊涂，你一无是处；要么你就站起来，去鼓捣个什么东西出来。"那天晚上，我造了一头大怪物，用的是从工地上捡来的一大堆乱七八糟的东西，我管它叫"毛毛怪贝鲁"。

我承认，这个方法并不聪明，可至少它能让我心里痛快一点儿，也让我的枕头不会被泪水打湿。

第三章

多多的老莱昂

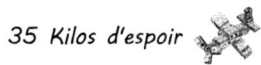

　　这个时候，唯一给我安慰的是爷爷。其实，这没什么好奇怪的，从我只有几个苹果那么大的时候开始，从我陪他去储藏室开始，我爷爷老莱昂一直都在各个方面支持我。

　　老莱昂的储藏室，才是我真正的小天地。那是我的避难所，也是属于我的"阿里巴巴的宝库"。每当奶奶过来烦我们，他就会转过身，轻轻地对我说："多多①，你愿

①格雷古瓦的小名。

不愿意跟我去'莱昂领地'逛逛？"

于是,我们就在奶奶的责备声中,静悄悄地开溜。"好样儿的! 你就这样毒害这孩子……"奶奶说。

爷爷耸耸肩,说道:"求求你了,夏洛特,求求你。我们俩想静一会儿,多多和我都需要安静地思考。"

"思考什么,能让我知道吗？"

"我,回想我的过去;多多,思考他的未来。"

奶奶边转身边唠叨着,说她宁可变成聋子,也不想听这样的疯话。而这个时候,爷爷总是会回答:

"可是,亲爱的,你已经聋啦。"

我的老莱昂像我一样喜欢动手修修弄弄, 不同的是,爷爷很聪明。在学校里,他简直像个怪物,门门功课都考第一。终于有一天,他坦白说其实他星期天从来不学习。

"为什么？"

"因为我不想学习，就这样。"

数学、法语、拉丁语、英语、历史……所有的科目他都是第一名！十七岁时，他就被巴黎综合理工大学录取了，那可是全法国最难进的学校！接着，他就造出了一些巨大无比的东西：桥梁、高速公路的交叉道、隧道、大坝等。当我问他具体做什么工作时，他会重新点燃烟蒂，仿佛自言自语：

"我不知道。我一直都不知道该如何描述我的工作……可以这么说，别人要我检查一张张图纸，给出我的意见。这图上的东西建起来以后会不会出事故，会还是不会？"

"就这样？"

"就这样，就是这样……这已经很了不起啦，我的孩子！要是你说不会，而大坝最后却坍塌了，那你可就成了真正的傻瓜啦,是不是?"

爷爷的储藏室，是这世界上最让我感到幸福的地方。

事实上,它非常简陋,是一间用木板和瓦楞铁皮搭起来的小木屋。它在花园的深处,夏天特别热,冬天又非常冷。可我总是一有机会就去那里。为了动动手,为了借些工具或是捡几块木头,为了看爷爷工作的样子(这会儿,他正为一家餐馆打造一件特殊尺寸的家具),为了征求他的意见,或者,不为什么,就是想去。这地方与我气味相投,光是在里面待着就很享受。你一定还记得吧,学校的气味会让我想吐;而在这里,情况恰好相反。一跨进这间塞满杂物的小屋,我就会张大了鼻孔尽情呼吸这种幸福的味道:污油、润滑油、电热器、烙铁、木胶、烟草和其他一切气味。真是好闻极了!我发誓如

果有一天，我能将这种味道蒸馏分解，我一定要把它调
制成一款香水，命名为"储藏室之水"。

一旦遇到不开心的事，我就要闻一下这种味道。

得知我要重读三年级的时候，我的老莱昂把我抱
了起来，放到他的膝盖上，给我讲龟兔赛跑的故事。我
记得非常清楚，自己当时是怎样蜷缩在他的怀里，而他
的声音是如此的温柔：

"你看，我的孩子，没有人看好这只可怜的乌龟，因
为它爬得实在是太慢了……可最后呢，它却赢了……
你知道它为什么会赢吗？因为它勇敢，有大无畏的精
神。而你也一样，多多，你也很勇敢……我知道，我看着
你长大。我看到你一连几个小时站在寒风中，就是为了
给一块木头抛光，或是给一个模型漆上颜色……在我
眼里，你就像这只乌龟一样。"

"可在学校里，从来没有人要我干抛光的活儿！"我

抽咽着说，"他们只要求我做些不可能做到的事！"

但这次，当他知道我被退学时，却不再是同样的反应。

我像往常一样到爷爷家，向他问好时他没有回应。饭桌上，大家都安静地吃饭，喝过咖啡后，他也没有出门的打算。

"老莱昂……"

"什么事？"

"我们去储藏室吧。"

"不去。"

"为什么不去？"

"因为你妈妈告诉我一个坏消息……"

"……"

"我真是搞不懂你了！你讨厌学校，可又想尽一切办法,尽可能在学校里待得最久……"

我什么话也说不出来。

"可你应该还没有像他们说的那么傻吧！……难道真有那么傻？"

他的口气非常粗暴。

"是的。"

"天哪！这话真让我生气！当然了,承认自己是傻瓜,什么事都干不了,这再容易不过！也许,这就是命！承认自己命里注定就是这样,这多简单！那现在呢？你现在有什么计划？你打算再复读初一、初二……然后,如果运气稍微好点的话，你在三十岁的时候可以拿到高中文凭！"

我死命揉着靠枕的一角,不敢抬眼。

"不,真的,我真是不懂你了。总之,别想再指望老莱昂了。我喜欢那些懂得将命运抓在自己手里的人！我不喜欢那些只知道怨天尤人的懒虫，尤其是因为不守纪律而被退学的懒虫！这一点儿意义都没有！先是留级复读，再是被退学，恭喜你！干得太漂亮了！我向你祝贺！这么多年来我一直护着你……一直都是！我告诉你的父母要对你有信心，为你百般找理由，鼓励你！不过我得跟你讲清楚一件事：活得不幸比活得幸福要简单得多。而我，你听好了，我不喜欢那些顺应厄运的人，我不喜欢那些只知道唉声叹气的懦夫！幸福起来，该死的！努力做你该做的事！让你自己幸福起来！"

他开始咳嗽，奶奶连忙跑过来。我起身离开。

我来到储藏室。这里很冷，我坐在一只旧铁桶上，扪心自问我该怎么做才能把命运抓在自己的手里。

我很想创造一切，可我也很迷惘：我没有计划，没有模型，没有图纸，没有材料，没有工具，什么都没有。

只有心上一份沉沉的重量，让我哭不出来。

我掏出随身的小折刀，在爷爷的工作台上刻了几个字，然后便起身离开，没有和他们道别。

第四章
当梦想照进现实

　　这次,家里头的灾难持续时间比以往更长,也比以往更喧嚣吵闹,更令人恐慌。现在已经是六月底,没有一所学校愿意接收我九月份入学。爸爸妈妈急得抓狂,互相责骂。真是烦死人了!而我,也一天比一天畏缩。有时候,我会对自己说:如果继续这样下去,让自己不断地变小,努力让他们慢慢忘记我的存在,也许有一天我真的会完全消失。那时候,一切问题也就能随之烟消云散了。

　　我是六月十一日被退学的。开始的时候,我整天在家晃荡：早上，看看电视购物节目（那节目里头总有些不可思议的东西）；下午，翻翻旧的漫画书，或是玩玩法尼阿姨送我的那五千块拼图。

　　但我很快就厌倦了，一定得找点什么东西让我的双手动一动……于是，我就在屋子里转悠，看有什么可以改进或修补的东西。我忽然想起，妈妈在熨衣服时总是抱怨站着太累，如果可以坐着熨衣服，那将是多么幸福的事情。于是我开始研究这个问题。

　　我先把熨衣板的支架给拆了，这样妈妈就可以把腿伸到板子下面。我计算了一下高度，然后把板子装在四条木腿上，看起来就像是一张普通的桌子。接着，我把上周从对面人行道上捡来的旧活动桌上的四个滑轮拆下来，装在了一把从来不用的椅子上。我甚至还帮妈妈重新做了一块放熨斗的搁板，因为她刚刚换了个新的"万能"牌蒸汽熨斗,我担心老的搁板会不够结实。这项"工程"花了我整整两天时间。接下来,我又开始修理家里那台割草机的马达。我把里面所有的零件都拆下来,清洗,然后再一个一个地装上去,割草机一下子就能启动了。之前爸爸一直不肯相信我,可我非常清楚根本没必要把整台机器拉到"园艺之家"去修,它只是太脏了。

这一天,晚餐的气氛相对轻松了许多。妈妈为了感谢我,给我做了我最爱吃的脆夫人三明治①。爸爸也破天荒地没有边看电视边吃饭。

是爸爸先开口说话的:

"你看,你这小家伙真让人为难,其实你还是很有

_____

①一种法式三明治,面包中间夹火腿和奶酪,面包最上层再放一个煎蛋的叫"脆夫人",不放煎蛋的叫"脆先生"。

天赋的……可是，我们到底该做些什么，才能帮到你呢? 你不喜欢学校，这是事实。但直到十六岁①,人人都必须上学,你懂吗?"

我点了点头。

"这是种恶性循环——你越不学习，就越讨厌学校;而你越讨厌它,就越不想学习……怎么才能解决这个问题呢?"

"那我就等到十六岁,然后出去找工作。"

"你做梦啊? 谁会雇用你?"

"我知道没人会雇我,但我可以发明些东西,制造些东西。我不需要很多钱就可以生活。"

"得了,你可别这么想! 当然了,你用不着像毕克叔叔那么富有。可为了生活,你需要的钱还是比你想象的

---

①法国的义务教育截止到十六岁。

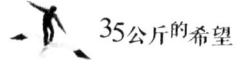

要多得多。你总得买工具吧,得有间工作室,还需要一辆卡车……也许还有别的东西。不管怎么说,现在先不提钱的问题,我担心的不是钱。我们还是先来谈谈你的学习……多多,别那样做鬼脸,请你认真看着我。没有最基本的知识,你什么都做不成。想象一下,如果你有一项了不起的发明,你就得去申请专利,不是吗?那你就必须用正确的法语写申请材料……然后呢,我们不可能这么简单地就搞出一项新发明,你需要图纸、比例尺、标高以显示你发明成果的严谨性,否则你的创意很容易就会被别人给偷走的……"

"你确定?"

"确定,一定,以及肯定。"

爸爸的话让我陷入了迷惘,我隐约感觉他说得有道理。

"好吧,告诉你们吧,我已经有了一项绝妙的发明,

可以让我变得很富有，还有你们，甚至包括我的孩子
……"

"是什么发明？"妈妈微笑着问道。

"你们得发誓把这个信息当成绝对机密。"

"好！"他们一齐说道。

"发誓。"

"我发誓。"

"我也是。"

"不，你得说'我发誓'，妈妈。"

"我发誓。"

"好，是这样的……事实上，我发明的是一种专门
为在山里行走的人设计的鞋子。它有一个可以拆换的
鞋跟。当你往上爬的时候，你就把它装在正常鞋跟的地
方；当地面平坦的时候，你就把鞋跟拆下来；而当你下
山的时候，你就重新把它装上去，但不是装在原来的地

方，而是装在脚趾下方，这样你就能一直保持平衡……"

爸爸妈妈都表示赞同。

"他这想法确实不赖呀！"妈妈说。

"你得和像迪卡侬这样的专业体育用品商店合作开发……"

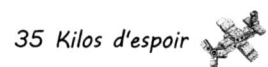

感觉到他们对我的点子有兴趣,我真的很开心。可接下来,爸爸的话一下子就打破了这种美好的氛围:

"可为了让你的绝妙发明商业化,你就要学好数学、计算机和经济……看看,说到底,我们又回到了刚才聊过的话题……"

我就这样继续晃到了六月底,开始帮我们的新邻居清扫他们的花园。我拔了那么多的杂草,手指头都肿胀、变绿了,简直就是绿巨人的手。

我们的新邻居是马尔蒂诺一家。他们有一个儿子叫查理,正好比我大一岁。但我跟他合不来。他总是忙着打游戏,要么就是看那些无聊的电视剧,每次开口跟我说话,就是问我下学期上几年级。到最后,对话总是变得有点儿让人恼火。

妈妈继续不停地打电话,寻找一所学校,可以有无限伟大的仁慈之心,在九月份能接收我这个坏学生。每天早上,我家的信箱里都会收到无数学校的招生广告。那些印在铜版纸上的漂亮照片纷纷展示着一所所学校各自的成就。

真是令人感动,却也是彻彻底底的谎言。我一边翻看,一边摇头,心里想他们怎么会拍到这些学生都在微笑的照片。要么是他们付钱给学生,要么就是正对学生们宣布说他们的老师掉到沟里去了。只有一所学校令我感兴趣,但它在瓦朗斯①附近,一个叫贝塔奇诺克-莱-瓦的地方。从照片上看,学生们并不是坐在课桌后面傻乎乎地微笑。他们在一个玻璃暖房中给植物换盆,或是在工作台前锯木板。他们没有微笑,却神情专注。

①法国东南部城市。

它看上去还不错，但那是一所技术高中。这时，我肚子疼的感觉又无声无息地回来了。

马尔蒂诺先生向我提议：我帮他揭下所有的旧墙纸，他给我一份报酬。我接受了。我们到基卢卢①租了两台蒸汽墙纸剥离机。马尔蒂诺太太和查理去度假了，我爸妈上班，剩下我们两个很清净。

活儿干得非常漂亮，可也真是累！尤其是在大热天，阴凉处都有 30 摄氏度的时候，你却得沐浴在蒸汽里，我不用多说什么了吧……那可是货真价实的桑拿！我有生以来第一次喝了啤酒，不过我讨厌那种味道。

老莱昂经过这里，就进来帮我们的忙。马尔蒂诺先生高兴极了，他说："我们是靠力气干活儿的，而您，是

---

①法国一家连锁租赁超市。

位真正的艺术家,杜波斯先生……"其实,当我们一边大汗淋漓一边讲着成堆的废话时,爷爷已经在查看那些管道和电路的细节问题啦。

最后,爸爸妈妈还是帮我在离家不远的让·穆兰初中报了名。起初,他们不想送我去,因为那所学校的名声实在太差。听说教育水平是一塌糊涂,学生全都留过级,可那是唯一愿意接收我的学校,爸妈也别无选择。他们递交了我的材料,我去快照中心拍证件照。这些小照片上的我真是难看极了。我心里想,让·穆兰初中肯定会为拥有这样一个新生而高兴——一个曾被退学的十三岁男孩,有一双绿巨人的手和一个科学怪人的脑袋……这可真是一笔好买卖!

七月飞一般地过去。我学会了贴墙纸,学会了涂抹

贴墙纸的胶水;我学会了把墙纸叠到合适的程度,学会
了操作滚筒来压纸边,以及如何裱糊才可以避免墙纸
中间出现空隙。我学会了好多好多东西。现在,我简直
可以说是条纹墙纸和贝费克斯胶水的操作小能手啦。
我还帮爷爷梳理打结的电线,试验通电效果:

"通了吗?"

"没有。"

"这样呢?"

"没有。"

"那这样呢?"

"通啦。"

我自己做六十厘米长的三明治①,给门刷清漆,更

---

①法国三明治通常用法棍面包制作。

换了保险丝,听了一个月的搞笑节目《大脑袋》。真是幸福的一个月呀!

真希望这种日子永远不会结束,到九月份,我又可以跟着另一个老板去另一个工地开始干活儿……当我啃着香肠三明治时,脑子里想的是:还有三年,我就可以自己创业了。

三年,很长。

但还有一件事让我很担心,就是老莱昂的健康状况。他咳的次数越来越多,咳的时间越来越长,为了说一句"是"或"不是"就得坐着歇上好半天。奶奶要我对她发誓去劝爷爷戒烟,可我做不到。因为他是这么对我说的:

"就让我保留这点乐趣吧,多多。反正我也活不了多久啦!"

这样的话简直让我发疯。

"不,就是因为这点乐趣你才会死!"

他笑了。

看他这样对我笑的样子,我就会觉得他是这世界上我最爱的人,他不可以就这样死去,绝对不行。

最后一天,马尔蒂诺先生邀请爷爷和我,去了一家很好的餐厅吃饭。喝过咖啡,他们又抽了两支很粗的雪茄。我简直无法想象,如果爷爷的洛洛特①看到这一幕,会有多么伤心……

在道别时分,我们的邻居递给我一个信封:

"给。你应得的,拿着……"

我没有马上打开。直到回家坐在自己的床上,我才

①奶奶夏洛特的昵称。

把信封拆开。里面有两百欧元,四张橘黄色的纸币……这令我目瞪口呆:我这辈子见都没见过这么多钱!我不想告诉爸爸妈妈,因为他们肯定会让我把钱存到银行账户上。我要把这些钱藏在一个任何人都找不到的地方,我就开始想啊,想啊,想……

用这些钱来买些什么呢?我那些模型的马达?(那可是贵得要命……)漫画书?《一百座非凡建筑》的软件?一件"天柏蓝"牌的外套?还是一把"博世"牌的机动锯?

这四张钞票让我头晕。我们七月三十一日晚锁上家门出发去度假,在此之前我花了一个多小时总算找到了一个既隐秘又安全的地方藏钱。就像我的妈妈,手里拿着她阿姨留给她的银烛台,满地打转。想来我们两个都很可笑,因为小偷儿总是会比我们更聪明……

第五章

度　假

关于八月，我没有任何有趣的事可以跟你们讲。我发现这段时间既漫长又无聊。像往年一样，爸爸妈妈在布列塔尼①租了一间公寓，而我也像往年一样，要填满那一页又一页的暑假作业本。

《初一的通行证》，我又回到了这里。

一个小时又一个小时，我咬着笔杆，望向那些海鸥。我梦想能变成一只海鸥，飞到远处红白相间的灯塔

---

①法国西北部的一个大区。

那里。我梦想能成为海燕的朋友。九月份,比如说九月四号——正巧开学那天——我们就一起出发去往炎热的国度。我梦想着飞越大洋,我梦想着我们能一起去……

我晃了晃脑袋,努力回到现实,重新读了一遍眼前的数学题目:一道无聊的堆石膏袋的应用题。我继续做梦:一只海鸥飞到题目上大便……"叭"!一大摊白花花的鸟屎把一整页纸都弄脏了。

我想象着我能用这七袋石膏做的所有事情……

总之,我就是在白日做梦。

爸爸妈妈没有很严格地来监督我写作业。这也是他们的假期,他们可不想因为读我那些"鬼画符"而中暑。他们对我的唯一要求,就是每天早上安静地待在屋子里,屁股钉在椅子上,在书桌前老老实实地写作业。

这一切没有任何意义。我在这该死的作业本上,画满了素描、草图和异想天开的图纸。我并不是没事可干,只是这样的生活对我而言没有任何意义。

我心里想:在这里或是在别处,有什么分别? 我还想:生存或是死亡,又有什么分别?你们大概会发现,虽然我的数学一塌糊涂,可哲学思辨能力却相当不错!

下午,我会和妈妈或是爸爸去海滩,但从来不会和他们两个一起出现。这也是他们度假计划的一部分:不用勉强自己一整天都在容忍对方。在我的父母之间,有些东西实在是非常不对劲。常常会有一些言外之意,一些伤人的言论和尖刻的指责,让我们都陷入一阵可怕的沉默之中。我们永远是心情不好的一家人。我也希望饭桌上会有些笑声,我们可以开开玩笑,就像广告片里那样,但我不敢抱任何幻想。

　　到了该收拾屋子整理行装的时候，空气里仿佛飘荡着一丝解脱的气息。这太可笑了。花了这么多钱，跑到这么远的地方，就是为了在最后离开的时候能感到一丝解脱……我觉得这非常可笑。

第六章

不是你的错

妈妈找到了她的银烛台，而我也找到了自己藏的钱。(现在可以跟你们讲啦：我把那些钱卷起来，塞到了我那个旧玩具士兵的枪管里头！)

钞票变皱了，我的肚子又开始疼了。

我开始去让·穆兰初中上学。

我不再是班上年纪最大的，更不是最差的学生。我总是悄悄地溜进去，躲在教室最后面，尽可能不与学校里那些胖老大碰面。我打消了买"天柏蓝"牌外套的念头,因为我不知道一旦买来自己能穿多久……

学校不再那么让我头疼,原因很简单:我不觉得自己是去上学,而是去某家动物托管所,那是个把两千名青少年从早到晚关在一起的地方。我开始默不作声地过着无所事事的生活。有时候,一些学生对待老师的态度也会令我震惊。我尽可能地少活动,掰着手指头混日子。

到了十月中旬,妈妈突然爆发,她再也忍受不了教我们法语的老师频频缺席。老师是男的还是女的,我都不清楚!她再也忍受不了我的词汇量,她说我一天比一天笨,笨到要去吃草①了。她不明白为什么我从来不往家里带笔记。更重要的是,有一天五点钟她来接我放学

---

①法语谚语,意为愚蠢透顶。

的时候，发现与我年纪相仿的男生们都在购物街的拱廊下偷偷抽烟，她一下子就歇斯底里般发作了。

于是，家里头又是一场巨大的灾难：尖叫声，加上没完没了的眼泪和鼻涕。

最终，得出结论：上寄宿学校。

经过一个吵闹的夜晚后，爸爸妈妈终于达成一致要把我送去寄宿学校，真是太好了。

那个晚上，我咬紧了牙关。

第二天，是星期三。我来到爷爷奶奶家。奶奶准备了我喜欢的煎土豆，爷爷没敢跟我说话。气氛有点儿沉闷。喝过咖啡，我们去了储藏室。爷爷嘴里叼了一支烟，却没有点燃它。

"我戒了。"他说，"我不是为自己戒的，你也知道，我是为了那烦人唠叨的老太太……"

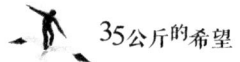

我笑了。

接着，他要我帮他拧铰链。当我慢慢进入状态，集中精神的时候，他开始慢悠悠地跟我说话：

"多多……"

"嗯？"

"他们跟我说，你就要去上寄宿学校了？"

"……"

"你不喜欢吗？"

"……"

我宁可不说话。我再也不愿意自己像三年级的大婴儿那样哇哇大哭了。

他抓过我手里的零件，把它放到一边，然后托着我的下巴，把我的头扭向他。

"听我说，多多，好好听着。我了解的事情比你想象的要多。我知道你有多讨厌学校，我也知道你家里发生的一切。也许，我不能说都知道，但我可以猜得到。我说的是你爸妈之间……我猜想每天都这样一定不是件好玩儿的事……"

我咧了咧嘴巴。

"多多，你得相信我，是我想出让你去上寄宿学校这个主意的，也是我把这个想法灌输到你妈妈脑袋里的……别这样看着我。我想，如果你能离开一段时间，呼吸些新鲜空气，能看到些别的东西，对你来说应该是件好事。你在父母身边会透不过气来。你是他们的独生子，他们只有你，他们只盯着你。他们没有意识到这样的关注给你带来的后果很糟糕。不，他们肯定没有意识到。我相信这种影响远比我想象的还要深远……我觉得他们应该先把他们自己的问题解决好，再来对你的事指手画脚。哦，不，多多，别这副样子。不，我的好孩子，我不想让你难过，我只是希望你……哦，该死的！我

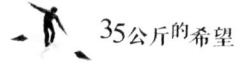

再也不能把你抱起来放在我的膝盖上了！你现在长高了。等等，换我试着来坐到你腿上吧……不，不要哭。这太让人难受了……"

"这不是伤感，老莱昂，只是眼睛里的水溢出来了……"

"哦，我的好孩子，我的宝贝……来，好了。你得重新鼓起勇气，我们都要重新鼓起勇气。如果你想在'食客'餐厅吃上一顿免费大餐，就得为约瑟夫先生尽快完成这件家具……来，捡起你的螺丝刀。"

我用衣袖抹了把脸。

接着，在一阵沉默中，我开始动手做第二扇门。这时他又说：

"还有最后一件事，我保证以后不会再说了。我想对你说的话非常重要……我想说，你爸爸妈妈老是吵架，那并不是你的错，那是他们自己的问题，根源在他们自己身上。根本不关你的事,你听到了吗? 这和你毫无关系。我甚至可以向你保证,哪怕你永远是班上的第一名,哪怕你总是带回 19、20①这样的好成绩,哼,他们还是会吵架。只是他们不得不找别的借口了, 仅此而已。"

我什么都没说,只是开始在约瑟夫先生的家具上刷了第一层邦得适油漆。

①法国学校使用 20 分制。

第七章
十二份草稿

　　我回到家时，爸爸妈妈正一边翻着学校的招生广告一边按着计算器。如果生活也像漫画书一样有对话气泡，我仿佛能看到他们头上的气泡里冒着黑烟。我说了句"晚上好"，就急匆匆地走向自己的房间，但他们叫住了我：

　　"多多,过来。"

　　听声音，我就猜到爸爸不像是在开玩笑。

　　"坐下。"

　　我心里直犯嘀咕，不知道他又要给我些什么训导……

"你也知道,你妈妈和我,我们决定把你送去寄宿学校……"

我低下头,心想:你们终于在某件事情上达成一致了! 真不算太晚。可惜是这么无聊的一件事……

"我想你可能不会喜欢这个主意,但就这样定了。我们现在已经无路可退。你在学校什么都做不好,你被退学了,没有学校肯收你,而这个区的初中又是一个烂摊子。世上没有三百六十条出路……但你可能不知道,寄宿学校的费用是很贵的。你要知道,我们为你在经济上做了很大的努力,可以说是一种牺牲……"

我心里在冷笑:哦……可别为我做出这么大的牺牲! 谢谢! 谢谢,我的主人。你们实在太好了。要我吻你们的脚吗,我的主人?

爸爸继续说:

"你不想知道要去哪里吗？"

"……"

"你无所谓？"

"不。"

"好吧，反正我们也不了解。这可真是件棘手的事。你妈刚打了一下午电话，没有任何进展。我们得找到一所愿意在学期中间接收你的学校……"

"我想去那里。"我打断了爸爸的话。

"'那里'是哪里？"

"就是这个。"

我把一张小折页递给他，从折页上可以看到一些学生正在工作台前干活儿。

妈妈重新戴上眼镜："在哪里？在瓦朗斯以北三十公里的地方……格朗尚技术高中……可他们没有初中吗？"

"有的。他们也有一所初中。"

"你怎么知道？"爸爸问。

"我打过电话。"

"你?!"

"嗯,是呀,我。"

"什么时候？"

"就在假期前。"

"你?! 你打了电话! 可为什么呢？"

"没什么……只是想知道。"

"那结果呢？"

"没结果。"

"为什么你什么都没对我们讲？"

"因为去那里是不可能的。"

"为什么不可能？"

"他们只看学校档案录取学生,而我的档案一塌糊涂！只能用来做点火的废纸……"

爸爸妈妈沉默了。爸爸看着格朗尚的课程介绍，妈妈则长叹了一口气。

第二天，我照常去上课，接下来的每一天都是如此。

我开始懂得"保险丝断了"这句话的含义。

应该就是这样。我的保险丝断了，我身体的一部分熄火了，一切对我而言都变得无所谓。

我什么都不干。什么都不想。什么欲望都没有。一切对我来说都没有意义。

我把所有的乐高积木都装在一个纸盒里，把它们送给了我的小堂弟加布里埃尔；我整天看电视，成千上万集无聊的连续剧；我一连几个小时都呆呆地躺在床上；我再也不去修修弄弄，两只手就这样耷拉在瘦不拉叽的身体两侧,有时候,我感觉它们都麻木了,只能用来按按电视遥控器或是开开小啤酒瓶。

我变得越来越糟糕,越来越笨。妈妈说得对:我很快就能在桌上吃草了。

我再也不想去爷爷奶奶家。他们很好,可他们什么也不懂。他们的年纪太大了。再说,老莱昂又能帮我解决什么问题呢? 他帮不了我。他一直是最优秀的学生,而我的这些问题,他从未经历过。至于我的父母,算了吧……他们之间连话都不说,仿佛是两个幽灵。

我克制着,虽然总有种冲动想上去推他们一把,把他们推倒……为什么? 我也不是很清楚。

仅仅为了让他们之间能说一句话,能有一个微笑或是一个动作? 总得有点儿交流吧。

电话响起的时候,我正无精打采地坐在电视机前。

"喂,多多,你把我忘记了?"

"嗯……我今天不太想过去。"

"怎么啦?你还记得约瑟夫先生吗?你可答应过帮我给他送家具的呀!"

哎呀!我忘得一干二净!

"我马上过来。对不起!"

"没关系,多多,没问题。家具又不会飞走的。"

为了感谢我们,约瑟夫先生请我们吃了丰盛的一餐。我吃了一大盆生拌牛肉,堆起来就像一座小山,上面还撒了大量的调味香料:刺山柑花蕾、小洋葱、迷迭香、辣椒……哇,实在是太好吃了!

老莱昂微笑地看着我:"看你吃得这么香真是叫人高兴,多多。幸亏你的老爷爷时不时'剥削'你一下,你才有机会吃得这么开心。"

"那你呢？你怎么什么都不吃？"

"嗯……我不太饿，你知道……你奶奶做的早饭又把我撑得够呛啦。"我知道他在说谎。

吃完饭，我们去参观了厨房。我出神地盯着那些各式各样、巨大无比的炒锅、平底锅，个个都让我目瞪口呆。还有那些长柄大汤勺，像投石器一样的木勺，按照大小排列放好的几十把刀，把把都磨得锃亮。

约瑟夫先生说："看！这就是蒂蒂！我们最近新招的小厨师，他可是个好孩子。我们会让他戴上厨师帽的，然后，你们看着吧，过不了几年，那些米其林①的蠢蛋们都会来讨好他，我跟你们打赌！哦，你向客人们问好了吗，蒂蒂？"

----

①法国历史悠久的点评餐饮行业的权威鉴定机构。

"你们好！"蒂蒂不好意思地和我们打了个招呼。

他正在给上万公斤的土豆削皮，看上去还很高兴的样子。已经被削下来的土豆皮就像一座小山，盖住了他的双脚。望着他，我心想：他应该有……十六岁了……

把我送到家门口时，老莱昂还叮嘱我说：

"好了，你要按我们说好的去做，嗯？"

"好的，好的。"

"你不要管拼写错误，句子语法，也不要管你自己的字写得多难看。你什么都别管，只要把心里想的写下来。好吗？"

"好啦，好啦……"

当天晚上我就照爷爷说的做了，可我做不到什么

都不管。我打了十二份草稿，可我的

信还是很短……

　　我给你们抄在下面：

格朗尚中学的校长先生：

我希望能被你们学校录取，但我知道这是不可能的，因为我的学习成绩实在是太差了。

我看到你们学校的介绍上说你们有机械工作室、细木工场、计算机房，还有一个温室，等等。

我想生命里不仅有成绩，还有动机。

我想来格朗尚是因为，我觉得那里会是让我感觉最幸福的地方。

我不是很胖，我有 35 公斤的希望。

再见。

格雷古瓦·杜波斯

附言 1：这是我第一次求人让我上学，我不知道自己是不是该吃药了。

附言 2：随信给您寄上我七岁时造的一个剥香蕉皮的机器图纸。

我又读了一遍,感觉有点儿腻腻歪歪的,但我实在没有勇气再写一次了。

我想象着校长看到这封信的样子:在他把信揉成一团扔进废纸篓之前,他一定会纳闷儿:这究竟是个什么样的捣蛋鬼?我现在一点儿都不想寄这封信了,可我毕竟答应过老莱昂,不能悔约。

从学校回家的路上,我把信寄走了。坐下来吃点心的时候,我重新看了一下学校招生广告的折页,才发现那位校长其实是位女士。我真是头驴!我一边想一边感觉无地自容。我真蠢,真是个超级大傻瓜!

35公斤的傻瓜,是的……

接下来,是万圣节假期,我去了奥尔良①的法尼阿

_____

①法国中北部城市。

姨家。我玩姨夫的电脑,从没在半夜十二点前上床,越晚睡越好,直到我的小堂弟跳到我床上大叫:

"乐高!我们玩乐高积木,好吗?多多,你来,我们一起玩乐高吧!"

四天时间里,我一直在用乐高积木搭东西:一个车库、一座村庄、一艘船……每次我完成什么东西,小堂弟就高兴得不得了,他特别喜欢铆足劲儿,"砰"的一声把它推倒在地,变成一地的碎片。他第一次这么干的时候,可真把我惹恼了,但当我听到他的笑声,就忘了自己两个小时的心血被毁的事。我特别喜欢听他的笑声。仿佛这笑声,为我的心换上了保险丝。

是妈妈来奥斯特里茨车站接我的。一坐上汽车,她就对我说:

"我有两个消息告诉你,一个好消息,一个坏消息。

你想先听哪个？"

"好消息吧。"

"格朗尚中学的校长昨天来电话了。她同意录取你，但你要先参加一次考试……"

"啊……一次考试！这也能叫好消息？你觉得我能考出什么成绩来？那坏消息呢？"

"你爷爷住院了。"

我就知道。我早就知道。我早就感觉到了。

"严重吗？"

"还不太清楚。他感觉不舒服，医生让他留院观察了。现在他很虚弱。"

"我想去看他。"

"不。现在不行。这会儿任何人都不能去看他，我们得不惜一切代价让他康复。"

妈妈哭了。

第八章

祈　祷

　　为了在高铁上复习功课，我带上了语法书，但根本就没打开过。我连假装翻一下都做不到，因为我无法把注意力集中到书上面。火车沿着绵长的轨道前行上千公里，每经过一根电线杆，我就低声念叨一句："老莱昂……"在杆子和杆子中间，我就默念："别死。留下来，我需要你。夏洛特也是，她也需要你。没了你，她会变成什么样？她太不幸了。还有我，我该怎么办？别死。你没有权利死。我还太小，我想你看着我长大。我想让你为我骄傲。我的生活才刚刚开始。我需要你。如果有一天

我结婚了,我希望你能看到我的妻子和我的孩子。我希望我的孩子也能去你的储藏室里玩,让他们也能闻到那里的味道。我希望……"

后来,我睡着了。

第九章
心灵测验

到了瓦朗斯，我一下火车就看到有位先生在火车
站接我。去学校的路上，他告诉我他是格朗尚中学的园
丁，或者，按照他的说法，是"管理员"……

我喜欢坐在他的小卡车里，能闻得到柴油和落叶
的味道。

我和其他寄宿生们一起在食堂吃晚饭。那净是些
又高又壮的家伙。他们对我都很热情，跟我讲了很多这
所学校的小道儿消息：哪些地方可以偷偷躲起来抽烟，
怎样和食堂的阿姨搞好关系，弄到点剩菜，怎样从消防

通道溜进学生宿舍,还有学校老师们的一些小癖好,等等。

他们笑起来很大声,傻里傻气的。但那是种健康的傻气,一种男孩子特有的傻气。

他们的手很漂亮,虽然上面都是小刀的划痕,指甲缝里还带着油污。聊着聊着,他们突然问我为什么到格朗尚中学来。

"因为没有一所学校要我。"

这回答让他们笑翻了。

"一所学校都没有?"

"是呀,一所学校都没有。"

"哪怕是收容所?"

"是呀。"我说,"哪怕是收容所,他们都觉得我会给其他人带来不良影响。"

有人在我背上拍了一下:

"欢迎来到俱乐部,朋友!"

接着,我又告诉他们转天早上我要参加考试的事。

"嘿,那你还在这儿待着干吗?快去睡觉吧,机灵鬼,你得养足精神!"

一开始,我睡不着,后来又做了个奇怪的梦。我梦见自己和老莱昂在一个特别美丽的公园里。可他不停地来烦我,拉着我的衣服问:"在哪里,可以吸烟的秘密地点在哪里?问一下他们那个地方在哪里!"

吃早饭的时候,我几乎什么都吃不下,肚子里仿佛囤了水泥。我这辈子都没这么难受过。我轻轻喘着气,浑身直冒冷汗,脑门儿忽冷忽热。

他们把我安排在一间小教室里,我一个人待了好半天,差点儿以为他们把我给忘了。

接着,一位夫人给了我一沓厚厚的卷子。那一行行文字在我眼前舞动。我什么都看不懂。我把手肘撑在桌上,双手托着头——为了呼吸,为了让自己平静下来,为了清空我的大脑。突然,我的鼻尖碰到了桌上的涂鸦。有一句话写着:"我喜欢大胸。"它旁边还有另一句:"我呢,更喜欢活络扳手。"这话把我逗乐了,我终于回过神来,开始答题。

开始,我答得还算可以,但一页页翻过去,能答上来的题目越来越少。我开始慌了。最可怕的是,有一道题足足有好几行字。题目上写着:"找到并纠正以下这篇文章中的错误。"那真是太可怕了,我什么错误也没发现。我真是笨蛋中的笨蛋。我知道那里头都是错,可我就是什么也看不出来!我的嗓子眼儿里好像堵了一团东西,慢慢地往上升,我的鼻子也开始发酸。我努力睁大眼睛。我不可以哭。我不想哭。

我不想哭,你们懂吗?

可它还是来了:一大滴眼泪。我没看到它是怎么来的,可它就在我的卷子上慢慢浸润开来……讨厌的家伙。我咬紧牙关,非常用力,可还是感觉自己要崩溃了。堤坝即将崩塌。

我挣扎了很长很长时间不让自己哭出来,也拒绝去想某些事情……然而这一刻还是来临了,仿佛命中注定,那些平时在大脑深处、隐藏在最远处的一团糨糊,这时候一股脑儿都涌出来了……我知道自己一旦掉眼泪,就肯定止不住,一切回忆都会突然浮现在眼前:毛绒玩具狗格鲁、玛丽老师;这些年总是最后一名的自己、永远充当笑料的自己;不再相爱的爸爸妈妈、家里那些伤心的日子;躺在医院病房里的老莱昂,鼻子里插着管子,生命正在一点一点消逝……

　　我把嘴唇都咬出了血，就在眼泪要夺眶而出的时候，我突然听到一个声音："嘿，多多，你在那儿干吗呢？这是怎么回事？你能不能别像头猪一样咬你的圆珠笔！你快要把它给吞下去啦！"

　　这一刻，我觉得自己发疯了……我仿佛听到了来自天上的声音！嘿……您搞错了，我不是圣女贞德。我只是一个在面粉堆里踩脚踏车的傻小子。

　　"好了，诉苦先生，等你清醒以后请通知我。我们来努力合作一下，我们俩。"

　　这究竟是怎么回事？我在教室里四处张望，看是不是哪里藏有什么摄像头或是录音设备。可这到底是怎么回事?! 难道我进了四维空间？

　　"老莱昂，是你吗？"

　　"不然你以为是谁，大傻瓜，难不成是教皇？"

　　"可……这怎么可能？"

"什么？"

"嗯……你在这里，你可以这样跟我说话？"

"别说傻话了，多多，我一直都在这里，你心里清楚得很。好了，不开玩笑了。集中一下精神，拿出一支铅笔，给我在所有动词变位下面画线……不，不是这个，你看得很清楚，它是以'er'结尾的。现在，找到这些动词的主语……对了……再画上小箭头……好样儿的。想一想，每个动词都要和它的主语保持一致……那里，看一下，主语是什么？……对，是'你'，所以要注意结尾的字母，好的。代词也是同样的道理，把它们也画出来……找到它们的限定词，检查一下。还有形容词呢？对了，单复数也要保持一致。看，如果稍稍注意一下的话，你就可以做得很好。现在翻回到前面一页，我看到你有些计算题做得乱七八糟……我已经感觉到了。来，重新做这道除法……不，那里还要重新算……再算！你忘了

些东西。借位,对了,好样儿的。现在我们来看一下第四
页……"

我感觉自己像在白日做梦。我的注意力前所未有
地集中,同时整个人又超级放松。我云里雾里地写着。
真是种奇怪的感觉。

"好了,多多,现在我得走了。剩下的是作文,这个
嘛,我知道你比我强多了……是的,是的,这是实话。我
得走了,但要注意拼写,知道吗?你就像刚才那样做:用
小箭头画出来,再好好检查一遍。提醒你自己,你就是
字词警察。对每一个字或词,你都要在放它通行之前检
查它的证件,像这样……"

您,那位! 您叫什么?

形容词。

您和谁一起开车呢,小伙子?

和名词。

好的,那么,您需要什么呢?

一个"S",先生。

"好的,您可以走了。"

"你明白我的意思吗?"

"明白。"我回答。

"小伙子,小点声。"监考老师说话了,"请你保持安静。我不想听到任何声音!"

我又反复检查,至少检查了五十七遍。我把卷子交给监考老师。一来到走廊上,我就小声念叨:"老莱昂,你还在吗?"

没有任何回答。

在回家的火车上,我又试了试,可还是没有回应,我呼叫的号码已经变成了空号。

看到爸爸妈妈在站台上等我时的神情，我知道一定发生了什么事。

"他死了？"我问道，"他死了，是吗？"

"不。"妈妈说，"他只是昏迷了。"

"什么时候的事？"

"今天早上。"

"他会醒来吗？"

爸爸皱了皱眉，妈妈抓住我的肩膀哭了起来。

第十章
帮帮我

我没有去医院看他。任何人都不能去。禁止探视，因为我们身上最微小的细菌都可能要了他的命。

于是，我去了奶奶家。看到她的时候，我惊呆了。她看起来比以往更脆弱、更消瘦，仿佛是一只淹没在蓝色睡袍里的小老鼠。我像个白痴一样，站在厨房中央。她对我说：

"去干点活儿，多多。把机器开动起来，碰碰那些工具，摸摸那些木头，对那里的东西说说话，告诉它们他马上就会回来的。"

她默默地流着眼泪。

我走进储藏室,坐下来,双臂交叉放在工作台上,终于忍不住失声痛哭。

这么长时间以来,一直藏在我内心深处的眼泪都流了出来。我就这样待了多久?一个小时?两个小时?也许是三个小时。

当我站起来的时候,感觉好了一些,仿佛再也没有眼泪,再也没有悲伤。我从地上捡起一块沾满胶水的旧抹布,想擦擦鼻涕。就在这时,我忽然发现了自己上次留下的印记……那刻在木头上的三个字:帮帮我。

第十一章
新的开始

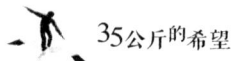

我被格朗尚中学录取了。

听到这个消息，我的反应既不热情也不冷淡。我只是很高兴可以离开家，可以像老莱昂说的那样去"呼吸些新鲜空气"。我收拾好行李，关上自己房间的门就再也没有回头。我请妈妈把马尔蒂诺先生给我的工钱存到了银行账户里。这笔钱，我再也不去想该怎么花它。我什么都不想要，除了某些我不可能办到的事。

我也知道，生活中，钱并不能买到所有的东西。

爸爸趁到外省出差的机会开车送我去新学校。旅
途中我们没有说很多话。我们都知道,我们终将分道扬
镳。

"一旦有新的消息,你们就给我打电话,好吗?"

他点了点头,然后笨拙地拥抱了我一下。

"多多……"

"嗯?"

"没……没什么。努力让自己幸福起来吧,你应该
幸福起来。你知道,虽然我从来没对你说过,但我明白
你是个好孩子……一个真正的好孩子。"

在他离开之前,他又紧紧地拥抱了我。

第十二章
最优和最差

　　我不是班上最好的学生，甚至还是班上倒数的几名学生之一。再仔细想想，好像我还真是最后一名。但是，老师们都很喜欢我。

　　一天，法语老师韦尔努夫人发给我们阅读理解的作业。满分 20 分，我只得了 6 分。

　　"我希望你那个剥香蕉皮的机器可以更强劲些……"她微笑着对我说。

　　我相信他们喜欢我是因为这个，因为我寄出的那封信。这里所有的人都知道我成绩很差,但却铁了心要摆脱困境。

在绘画和手工劳动课上,正相反,我才是头儿。特别是手工劳动课,我简直比老师懂得还要多。当同学们束手无策的时候, 他们第一个来找的人就是我。刚开始,儒格老师对此很难接受。可现在,他也像同学们一样,总是来征求我的意见。这真的很有意思。

我的弱项依然是体育。我的体育成绩一直很差,在这里,甚至显得更差了,因为其他学生都很厉害,而且他们喜欢体育。我却什么都做不好,不过这也很正常:我既不会跑,又不会跳,不会潜水,也抓不到球,更别提发球了……什么都不行,一无所长。

同学们善意地开我玩笑,他们说:

"嘿,格雷古瓦,你什么时候能给自己造一台生产肌肉的机器出来?"

或者是:

"当心啦,兄弟们! 格雷古瓦要跳了,备好绷带。"

妈妈每星期都会给我打电话。每次,我都会先问她有没有关于老莱昂的消息。一天,她终于烦了:

"听着,多多,别再问我这个问题了。你清楚得很,如果有什么新的消息,我马上就会告诉你。还是和我说说你自己吧,你做了些什么,你的老师们,你的同学们,他们……"

我什么都不想跟她讲。我强迫自己多说几句,然后很快挂断了电话。一切与爷爷无关的事对我来说都没有意义。

第十三章
希望，在自己手上

　　我很好,但我并不幸福。我恨我自己,因为我帮不上我的老莱昂,我什么都做不了。我多么希望能为他做点什么,哪怕是搬走一座大山,哪怕是把自己剁成碎片,哪怕是把我放在油锅里用小火煎炸;我多么希望可以亲手抱着他,紧紧拥抱着他穿过整个世界。为了救他,我可以忍受一切苦难。可现在,我却什么都做不了,除了等待。

　　这真令人无法忍受。我的老莱昂,当我需要帮助的时候,他总会及时出现,但现在我却什么都做不了。这是多么可悲。

　　直到那节神奇的体育课……

　　那天,体育课的活动内容是"攀绳结"。太恐怖了。
我从六岁开始就在努力,可从来都没有做到过,从来没
有成功过。攀绳结,是我的耻辱。

　　轮到我的时候,同学莫莫开玩笑说:

　　"快来看哪,'神探加杰特'要给我们展示他的袜子
了!"

　　我看了看杆子的顶端,在心中默念:"老莱昂,听好
了!我会努力做到。我一定会为你做到。为了你,你听
到了吗?"

　　爬到第三个绳结的时候,我已经不行了,可我还是
咬紧牙关,死命用瘦弱的小胳膊拉着绳子。第四个结,
第五个结。我要放弃了。这太难了。不,我不可以放弃,

我发过誓的！我吼了一声,使劲用脚蹬住绳子。可还是不行,我真的筋疲力尽了。我几乎就要放手了,可就在这时,我看到我们班的同学在下面围成了一圈。有一个喊道：

"上啊,格雷古瓦,抓紧了！"

于是，我再次努力。大滴的汗珠儿模糊了我的视线。我的双手像着了火一般滚烫。

"格雷古瓦！格雷古瓦！格雷古瓦！"

他们大叫着为我鼓劲。

第七个结。我真要放弃了。我觉得自己都要昏过去了。

而他们还在下面唱着动画片的主题曲：

"哦啦,谁到那里去?……神探加杰特!……就是他……神探加杰特!"

他们给了我勇气,但还不够。

只剩下最后两个绳结了。我往手心里吐了口唾沫，继续向上爬。

老莱昂，我在这里，你看着！我给你我的力量。我给你我的意志。拿去！拿去吧！你需要它们。那一天，你给了我你的知识，我呢，我要给你我所有的一切：我的青春，我的勇气，我的气息，我可怜的小肌肉。都拿去吧，老莱昂！把这一切都拿去……我求你了！

我的大腿内侧都被绳子磨出了血泡，我已经感觉不到自己的关节了。

只剩下最后一个绳结了。

"加油！加油！加油！"

同学们疯狂地为我呐喊，而喊得最响的是老师。我大吼一声："你醒一醒！"

接着，我摸到了杆子的顶端。这时，下面已经是一

片沸腾。我哭了,那是喜悦和痛苦交织的泪水。我顺着绳子滑下去,从半空中摔落在地。莫莫和赛缪尔扶我起来,把我举到空中。

"哦啦,谁到那里去?……神探加杰特!……就是他……神探加杰特!"

大家都在我身边歌唱。

我昏了过去。

从那天起,我彻底变了个样:果敢坚决,说一不二,坚强不屈,仿佛吃了狮子肉。

从此,每天晚上下课后,我不再待在宿舍里看电视,而是出去散步,走很长时间。我穿过村庄、树林、田野,慢慢地、深深地呼吸。每当这时,我的脑海里总会响起同一句话:"来吧,老莱昂,呼吸这新鲜的空气吧。呼吸,闻闻这土地和雾气的味道。我在这儿。我是你的肺、你的气息、你的心脏。让我这样做吧。来吧。"

我盼望着自己能千里传音。

我吃得很香,睡得很好,我去触碰树皮,抚摸学校附近的马儿。我把手伸到它们温热的马鬃里,喃喃自语:"拿着,这对你有好处。"

一天晚上,妈妈打电话给我。当学监来叫我听电话的时候,我的心悬到了嗓子眼儿。

"不是什么好消息,儿子。医生们停止了治疗。做什么都没用了。"

"那他要死了?!"

我在宿舍走廊里大喊:

"你们把那些管子都拔掉吧,这样……这样会更快一点儿!"

接着,我挂断了电话。

从那一天起，我不再演我的"电影"，又重新和寝室里的兄弟们玩起了迷你足球。我不再努力学习，也很少说话。生活令我厌倦。因为在我脑海中，仿佛老莱昂已经死去一般。爸爸妈妈再打来电话的时候，我都不去接。

昨天，一个毕业班的男生到寝室来找我。我当时正呼呼大睡。他使劲把我摇醒："嘿，嘿，你醒醒，兄弟……"

我下巴上都是口水。

"嗯……出……出什么事了？"

"嘿，多多是你吧？"

"怎么了，为什么这么叫我？"

我揉了揉眼睛。

"有位老爷爷坐着轮椅，就在楼下，嚷着要见他的

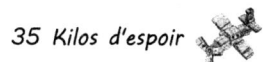

多多……会不会是找你呀？"

    我只穿了条裤衩，于是我抄起条裤子穿上就飞奔着下楼，一边跑，一边哭得像个婴儿。

    他就在那里，在宿舍楼门口，一个穿白大褂的小伙子站在他身旁。那人举着输液吊瓶，而我的老莱昂正对着我微笑。

    他说："你得先拉上裤子拉链哪，多多，你会着凉的。"

    听到这话，我笑了。

绘者的话

当编辑来请我为这本书绘制封面和插图的时候，书名就让我产生了一种既心动又好奇的刺激感：为什么会是35公斤的希望？带着疑问，我打开了这本书。主角是一个和无数少年一样，不爱学习、讨厌学校、不被认可，却极具天赋的小男孩。读着读着，我就自然而然地把自己和主人公的性格脾气联系在一起。我承认，我看到了和主人公类似的自己……就这样，我接下了这本书的插画创作。

我有一个习惯，从接到一个创作邀约到画出第一笔之间需要经历一段长长的沉淀期。看到文本的第一眼时，我会有无数的幻想，可到了落笔的时候，我承认，我画不出来了。我不是觉得自己和主人公很像吗，我不是看过文本了吗，我不是很喜欢这本书吗，怎么就画不出来呢？我本人不是一个追求固定画风的绘者，我喜欢不同的故事，更喜欢为不同的故事创作不同的画面。35公斤的希望，什么元素可以代表希望？灯塔、翅膀，还是纸飞机？什么元素可以代表重量？秤砣还是天平？封面上如何体现希望的重量？纠结了好久之后，我最后创作出来的画面是这样的：一个有着小小翅膀的男孩，在云端之上随着一群向阳而飞的鸟儿向前奔跑。向阳前行，喻示着主人公追逐梦想，把握命运，勇敢向前。

内插的创作部分我选用黑白对比画面，利用线条的疏密来突出立体感；选用大量的留白来保留情绪。越饱满的情节、越丰富的情感，就用越简洁、越空旷的画面来表现。我用主人公在房间里给校长写信，周围有无数纸团的场景来表达这封简洁诚恳的信是由这个孩子反反复复斟酌书写出来的;我用主人公身后的柜子里满是他喜欢的手工玩具,地图上标记了他想去观光的世界,来表现他充满希望的内心;我用主人公在一间空旷无人的考场咬着笔杆的场景,体现出他焦急无助的情绪……就这样,我终于完成了整本书的插画创作。

愿读到故事的你,能和我一样喜欢这个故事,喜欢我为这本书画的封面和插画。

山　鱼

译者的话

第一次读到这本书的时候，我还没有当妈妈。从一个长大了的孩子的角度，我更多体会到的是我们任何人都可能在成长过程里受到伤害，但师长们一句轻轻的问候或鼓励，却能带来巨大的影响——爱，是生命中最美好的力量。

第二次，有机会翻译这本书的时候，我已经有了一个孩子。书中的主人公多多字里行间的绝望与渴望，让人深感为人父母者的责任。可怜天下父母心，但如何爱，如何滋养彼此，或许是生命里重大的课题之一,路漫漫其修远兮。

今天,再次翻看这本书的时候,我身边有了两个天使。陪他们成长的路上,看到同一个家庭里的孩子也会有完全不同的成长节奏,完全不同的性格,在感叹生命神奇之余,我也由衷地体会到先贤"因材施教"的睿智。

每个人都是独一无二的,而世界各个角落,都有着不尽完美的教条与僵化。愿长辈们耐心、静心,用爱与陪伴让每个孩子的天分都有安放之处;愿小朋友们有冲劲,有韧劲,遇到困难挫折的时候,也不轻言放弃。那件让你百折不挠,总是有兴趣去做的事情,或许就是你前进的方向,选好了方向,剩下的,不过是努力与方法,然后,时间会给你一个惊喜。

无论是35公斤还是15、25、45、55……公斤,看到爱与希望的力量,坚持做更好的自己,幸福就在那里等你。

王　恬

一个孩子就是一个希望

袁晓峰/深圳市爱阅公益基金会教育发展委员会主席

　　一个孩子就是一个希望，一个独一无二的希望。也许你的成绩不尽如人意，老师给你的是恨铁不成钢的摇头叹息，妈妈送你的是无休无止的唠叨和数落，你躲开了那些取得优异成绩的同学的兴高采烈……但是，你一定有自己的独特之处，那是你发自内心的渴望，那是你自己脚下的路。

　　看看格雷古瓦——我更愿意像爱他的爷爷那样称呼他为多多——一个留级留到没有学校愿意要的孩子，一个闻到学校的气味肚子就疼痛难忍的孩子，一个永远是班里倒数第一而被别人嘲笑的孩子,也终于在自己的努力下,如愿找到了一所让他感觉幸福的学校。著名儿童教育家陈鹤琴说:"儿童的世界是儿童自己去探索发现的,他自己所求来的知识才是真知识,他自己所发现的世界才是真世界。"孩子自己找到的方向,才是最适合的方向,找到了未来脚下的路,也就找到了自信和尊严,也就能更自信、从容、有尊严地成长。

孩子,你要知道,哪怕你倒霉如多多——成绩最差、不断留级、被人看不起……就算这样,你也总会遇见你生命中的"玛丽老师"。她快乐地工作并把这种快乐带给每一个学生。瞧瞧她是怎么评价这个在学校备受打击的多多的吧:这个男孩子有漏斗般的脑袋,仙女般的手指,敏感的心灵。将来一定可以有所作为。

除了玛丽老师,你一定也会喜欢多多的爷爷——老莱昂。他给了多多那么多的理解和包容,那么多的希望和力量。还记得爷爷的储藏室吧?多多在那些"污油、润滑油、电热器、烙铁、木胶、烟草和其他一切气味"的混合体中,居然嗅到了幸福的味道。因为在那里他可以自由自在地创造,因为在那里他自信而从容,因为在那里他才是故事中那只最终赢得比赛的乌龟。

孩子,像多多一样记住老莱昂的话吧:"幸福起来!努力做你该做的事!让你自己幸福起来!"就像多多,在没有学校肯要他的日子里,他仍旧用废旧材料给妈妈做了适合熨烫衣服的座椅,帮爸爸修理割草机,帮邻居整理花园和剥墙纸,寻找自己喜欢的学校,给那所学校的校长写申请信,然后勇敢地面对入学考试,坚定地战胜懦弱和胆怯……

我不是很胖,有35公斤的希望。

是的,生命里不仅有成绩,还有动机!

一个孩子就是一个希望,一个美好的希望。

读完《35公斤的希望》,我很想与人分享。恰好遇到一位校长,我问他:"如果你的学校有一个孩子不断留级,留级后仍然成绩最差,你将如何看待他?"这位校长说,他将告诉这个孩子,既然成不了龙,那就做一条虫吧,不过千万不要成为一条害虫,不要危害社会。

听了这回答,我心里很痛……难道我们教育的目标就是成龙成凤?难道不能成龙就一定是虫?难道危害社会的人就一定是小时候成绩差的孩子?难道教育这个最需要以人为本的领域,就该忽视孩子们的快乐、健康和尊严,而只关心学习、学习、学习?难道教育就不能带给人希望?

希望不是物质的存在,它看不见,摸不着,但却可以产生实实在在的力量。幸福的人内心一定充满了希望,我知道,你会像多多一样充满希望。

我们都充满希望,无论多少公斤,都一样美好。

教学设计

周益民/特级教师

【作品赏析】

这是一部真实的小说,主人公仿佛就生活在我们身边:不爱学习,讨厌学校,害怕体育课,回到家爸爸妈妈吵翻了天,虽在别人眼中一无是处,但在某个方面却有自己独特的天赋。

格雷古瓦(多多)就是这样一个孩子,尽管成绩不理想,他却始终没有放弃自己。虽然几经挣扎他还是被退学了,但他坚持自己的爱好,并找到了最适合自己的学校。在爷爷的鼓励下,多多寄出了一封真挚感人的申请信,校长终于破格给了多多一次机会。新的环境,爷爷的康复,一切对于多多而言,都将是个美好的开始……

这部小说生动又深刻地描述了一个孩子成长路途中的艰难、坎坷、挣扎与辛酸。这个不爱上学、在体育课上搞笑最终被勒令退学的多多,让我想起了《窗边的小豆豆》中的主人公——一个同样有个性又古灵精怪的小丫头。两个人的经历有相似之处,幸运的是,他们都找到了真正适合自己的地方。多多能够正视自己的优势和劣势,并勇敢地寄出那封申请信的时候,他已经将未来掌握在了自己的手中。

作为一个孩子,阅读这部作品,你会与主人公一同经历不断的挫折打击和少得可怜的一点儿温暖鼓励,一同经历挑战自我、最终振作的情感之路。这些经历无疑将启迪你更好地思考自己与周围人物、周围环境的关系,以更积极的态度面对未来的人生之路。

如果你是成人,这本书无疑是一面冷峻的镜子,也是一个无情的拷问。教育的使命到底是什么？教育的本来面目是怎样的？作为孩子身边最重要的人，父母、教师、同伴……应该在孩子的成长之路上各自起着怎样的作用？

【话题设计】

1.《35 公斤的希望》，最初看到这个书名，你有什么想法？看完全书，你对这个书名有新的理解吗？

2.学校让多多感到痛苦、排斥，这是为什么？

3.在贝鲁夫人的体育课上，多多遭到了最疯狂的嘲笑。你认为这场运动服风波能够避免吗？如果你在现场，你会对多多和同学们说什么？

4.你认为格朗尚中学与多多之前的学校有哪些不一样的地方？

5.爷爷老莱昂是对多多影响最大的一个人，回顾全书内容找一找，为了帮助多多树立信心，他用心做了哪些事？生活中，你有这样关心自己的人吗？

6.表面看来这本书似乎专治厌学症，那你觉得对于一个热爱学校、热爱学习的学生来说,这本书是否有新的意义呢?

【延伸活动】

1.“你喜欢学校吗？”民意小调查

多多不喜欢学校,甚至一闻到学校的气味就肚子疼。你身边的人是否喜欢学校呢?快来做个小调查吧。调查的对象尽可能包含多个年龄层的人。

2. 朗读者

放声朗读多多写给格朗尚中学校长的申请信。如果你是校长,看到这封信,你会怎么想?

3. 小小解说员

体育课上“攀绳结”的场景惊心动魄,请你再读读这部分内容,然后试着以一个现场目击者的口吻描述当时的情景吧。

4. 评语小报告

玛丽老师评价多多“有着漏斗般的脑袋,仙女般的手指,敏感的心灵。将来一定可以有所作为”,但其他老师却认为多多简直无可救药。读完全书,你对多多有怎样的印象?请为他拟一份评语吧。

5. 校园DIY

如果让你来设计一所学校,你有怎样的设想?可以从环境布置、课程设置、教师要求等多个方面考虑,还可以请同学、老师做参谋,听听他们的意见,完善自己的想法。

6. 好书大家读

把这本书推荐给你周围的人读一读吧,可以是同龄人,也可以是成人,你最想推荐给谁?简单说说原因吧。